退屈をあげる

坂本千明

青土社

あたしはひどくお腹が減っていて
風邪もこじらせて
暗い場所で
ただじっとうずくまるしかなかった
あの冬のつめたい雨の日

見上げたら のぞきこむ2つの目
あたしの体を抱える2つの手
人のにおい

運が良かったのか悪かったのかは
今でもわからない
ともかく家猫になったあたしには
いくつかの特徴があった

1. 鼻のぶち模様

抜けきった顔の毛が
生えそろったら現れたのだそう

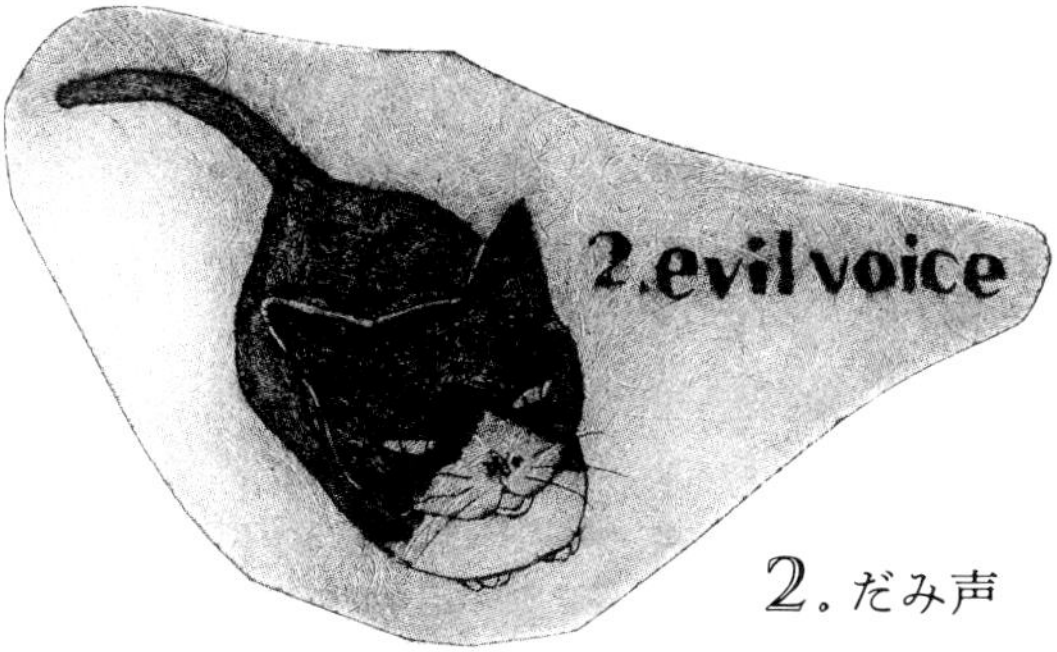

2. だみ声

猫が甘えた声で鳴くものだなんて
誰が決めたの

3. 1本だけ折れた歯

あたしがたった1匹で
生き延びてきた証

4。甘噛みを知らない

だって誰も教えてはくれなかった
だからあたしはいつだって本気

5。ねこじゃらしに知らんぷり

なにが楽しくて
しんだねずみを追いかけなくちゃならないの

6. living with a white bird but who was never caught

6。あたしの中に住む鳥

丸々と太っておいしそうなのに
眠っている時にだけ現れるから絶対につかまえられない
どんなにお腹が減っていたって

２つの手は
なぜかコソコソと暮らしていた
夜中に大声でごはんを催促すると怒られて
むしゃくしゃしたから
その度に思いっきり噛みついてやった

それでも食うに困ることはなかったし
なによりあたしには
他にいく場所なんてなかったの

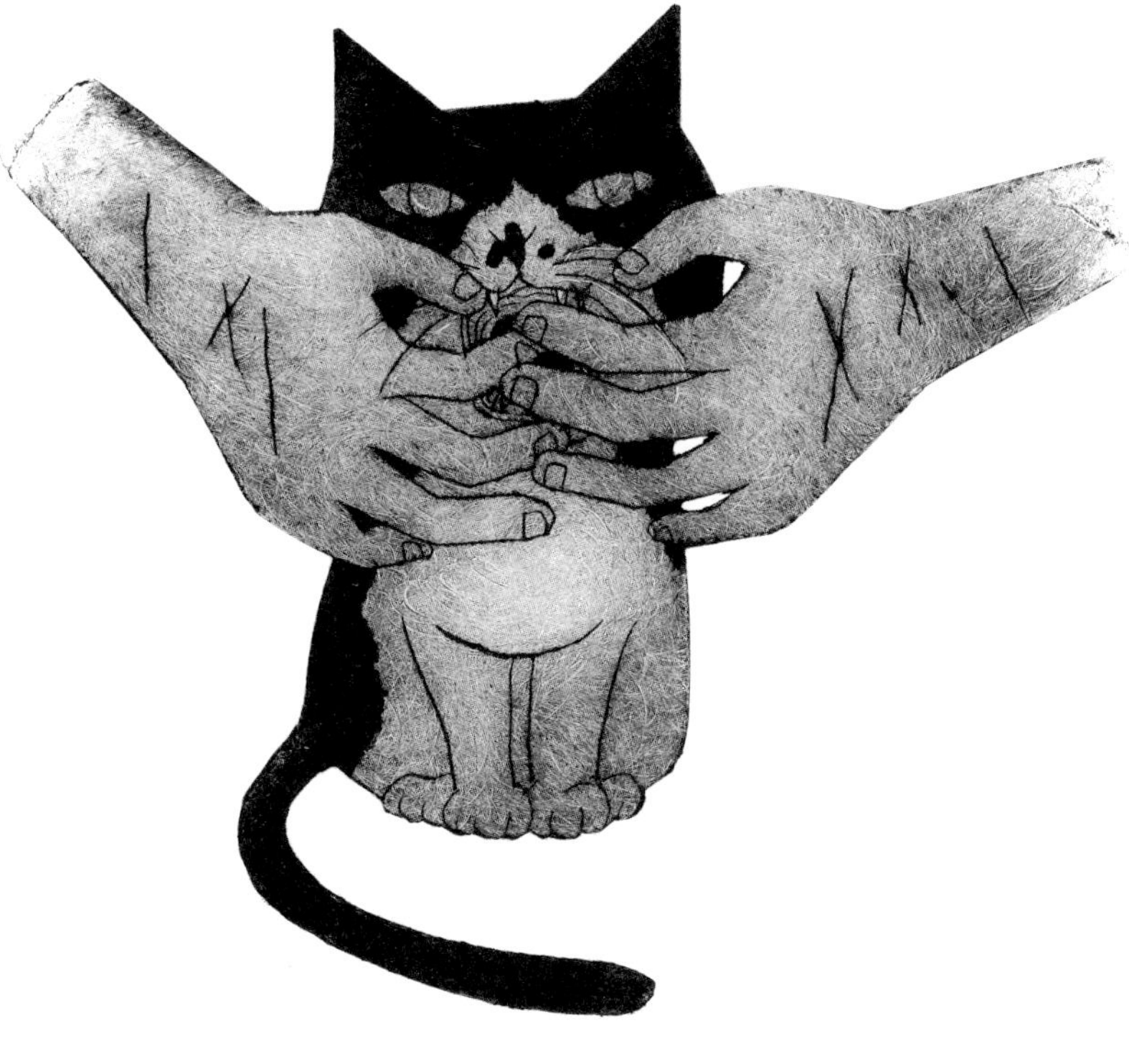

ごはんたべて
ねて
うんちして

くり返し

そこでの毎日はとても退屈だったけれど
こわい外の世界に戻るのは もうまっぴらだった

ある時あたしは病気になった
病気というのがどんなものなのかはよく知らない
痛くてこわくて 窮屈な場所で
不安な夜を3つすごした
4つ目の夜に また退屈な家に戻れた時は
すごくうれしかった

そのうち2つの手が引越した
もちろんあたしも一緒
今度はいっぱい鳴いても怒られなかったから
思いっきり鳴いてやった
思いっきり走り回ってやった
なによりあたしの大好きなお日さまが
そこには沢山いたので
退屈もわるくないと思えた

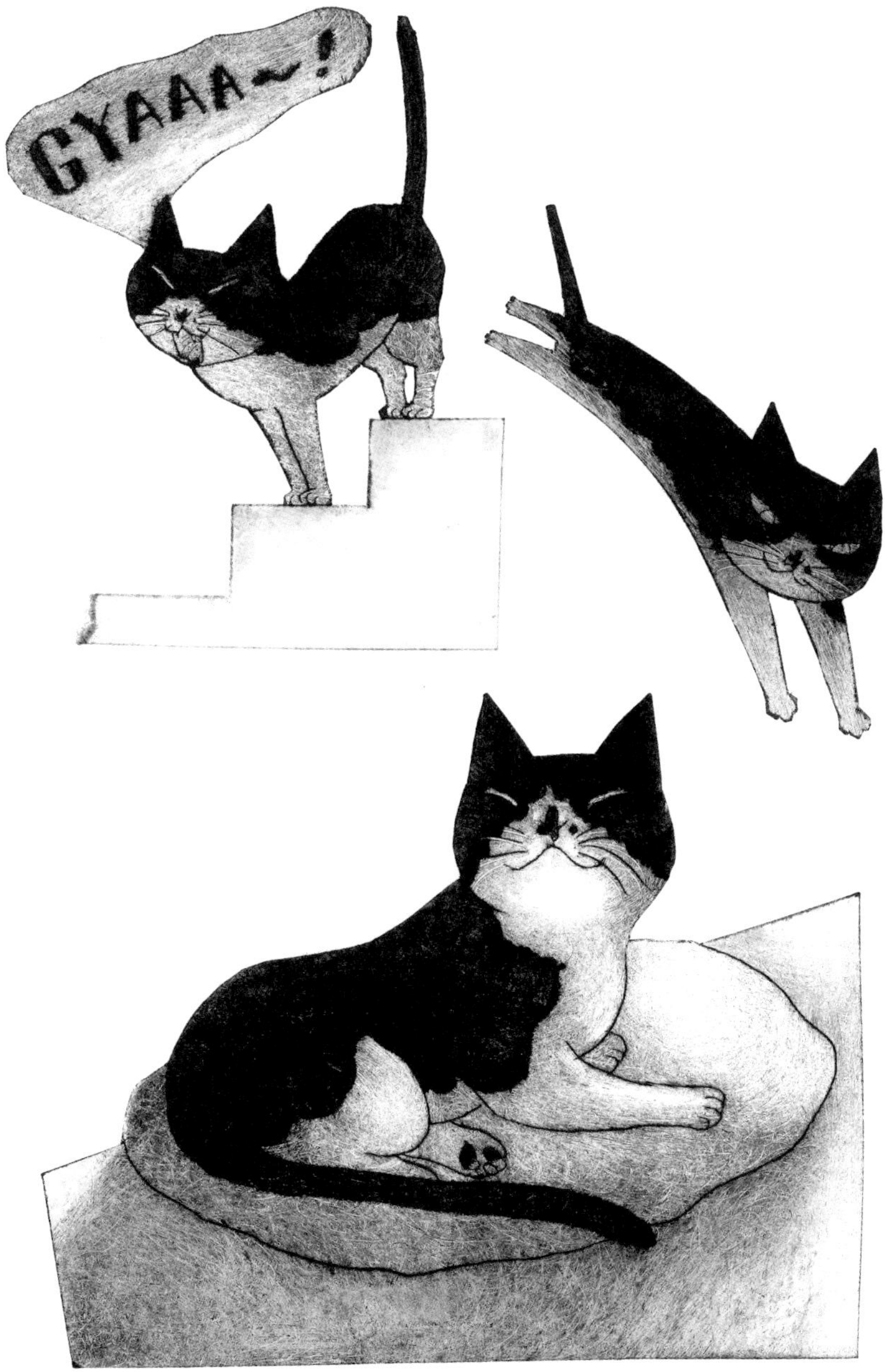
GYAAA~!

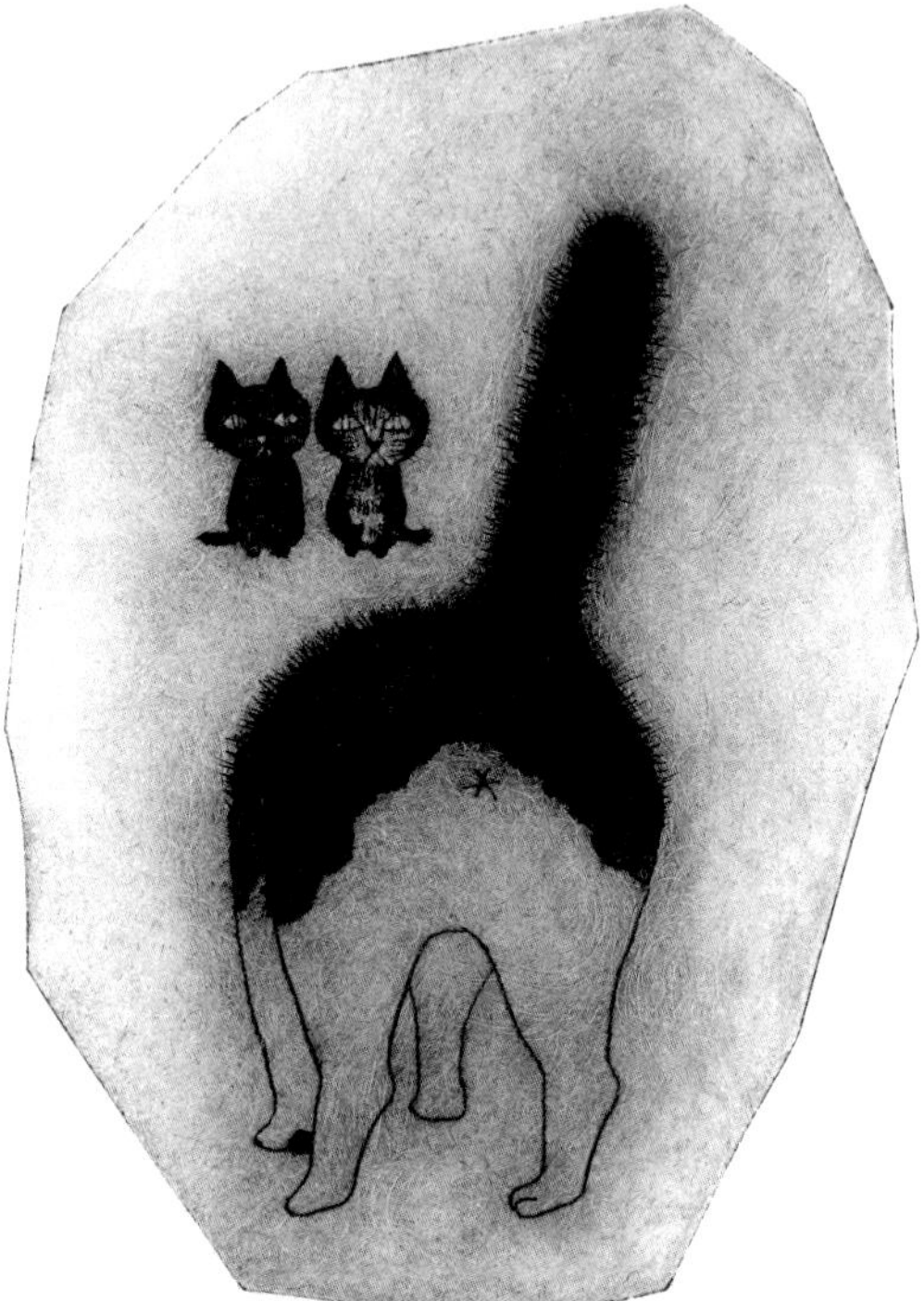

突然黒くて小さなやつらが現れて
2つの手に仲良くね と言われた
冗談じゃない

やつらは無作法で
言葉も通じなければ
あたしの大事な
退屈の邪魔をした

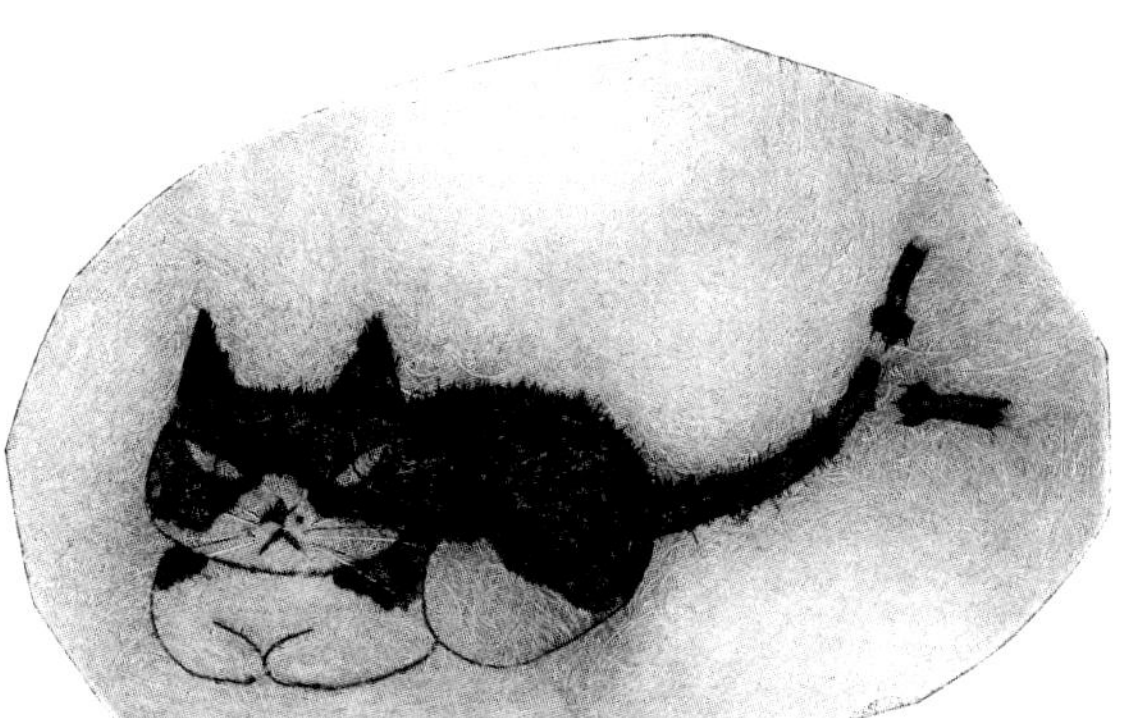

ドタバタとやかましいやつらの
おもり役を押しつけられて
ほとほと頭にきたけれど
お日さまは平等にあたしたちを照らすから
体と一緒に いらいらした気持ちも
少しずつとろけていった

誤解しないで
やつらを許したわけじゃない
でも

あたしがもう飛びのれなくなった本棚も
駆け上がれなくなった階段も
食べられなくなったごはんも
あたしを怒らなくなった2つの手も
大好きなお日さまも
あたしの退屈をまるごとやつらにあげる

泣きなさんな
泣きたいのはあたしなのだから

あたしはしんだ
あたしが家猫になった
あの冬のつめたい雨の日も
ああしぬのかなって思ったけれど今度こそ

空のうえで
お日さまが待ってるよ

あの日と同じように2つの手が
あたしの体を抱えて言った

馬鹿ね
翼をもたない猫が
どうして空に行かれるというの

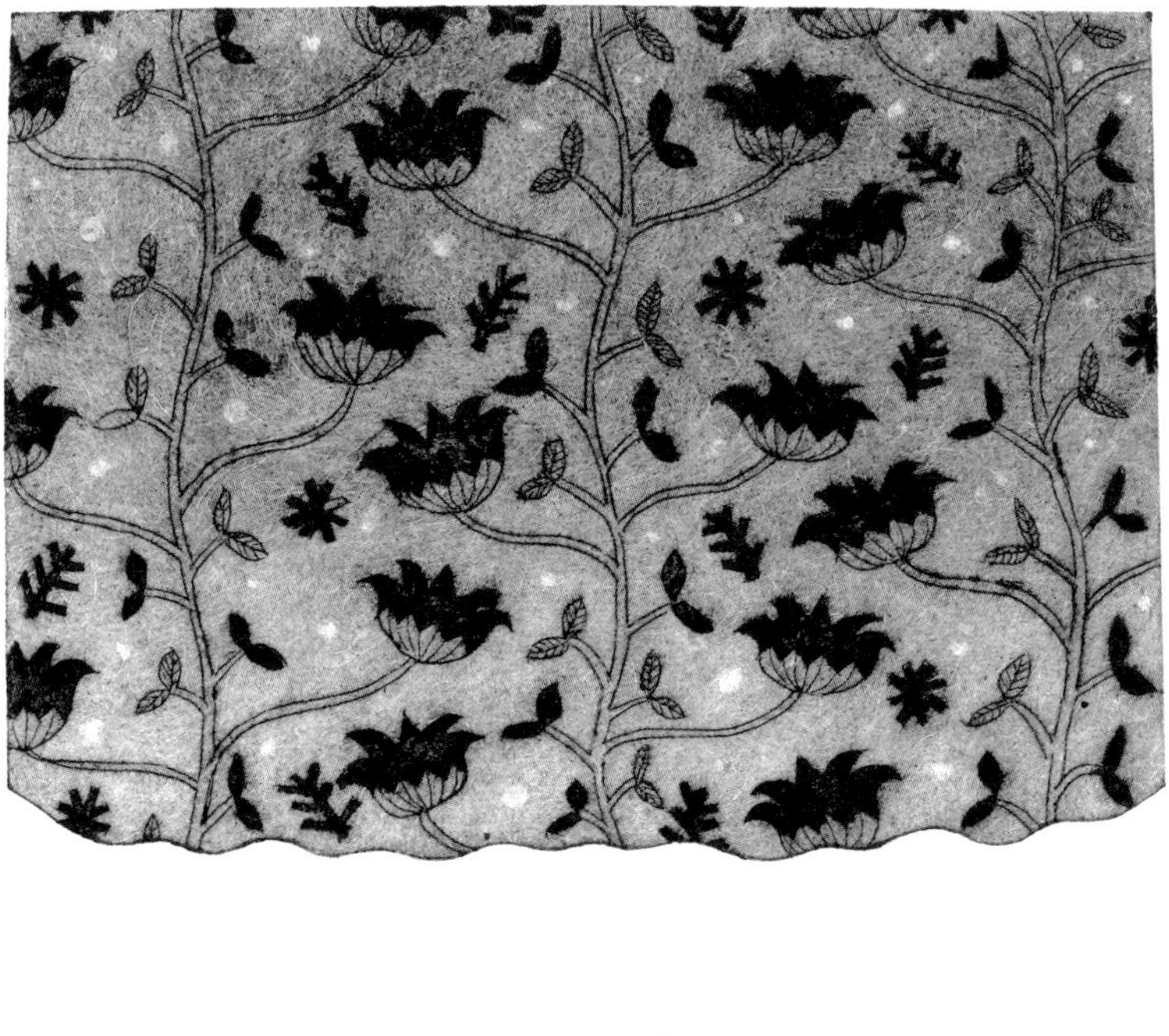

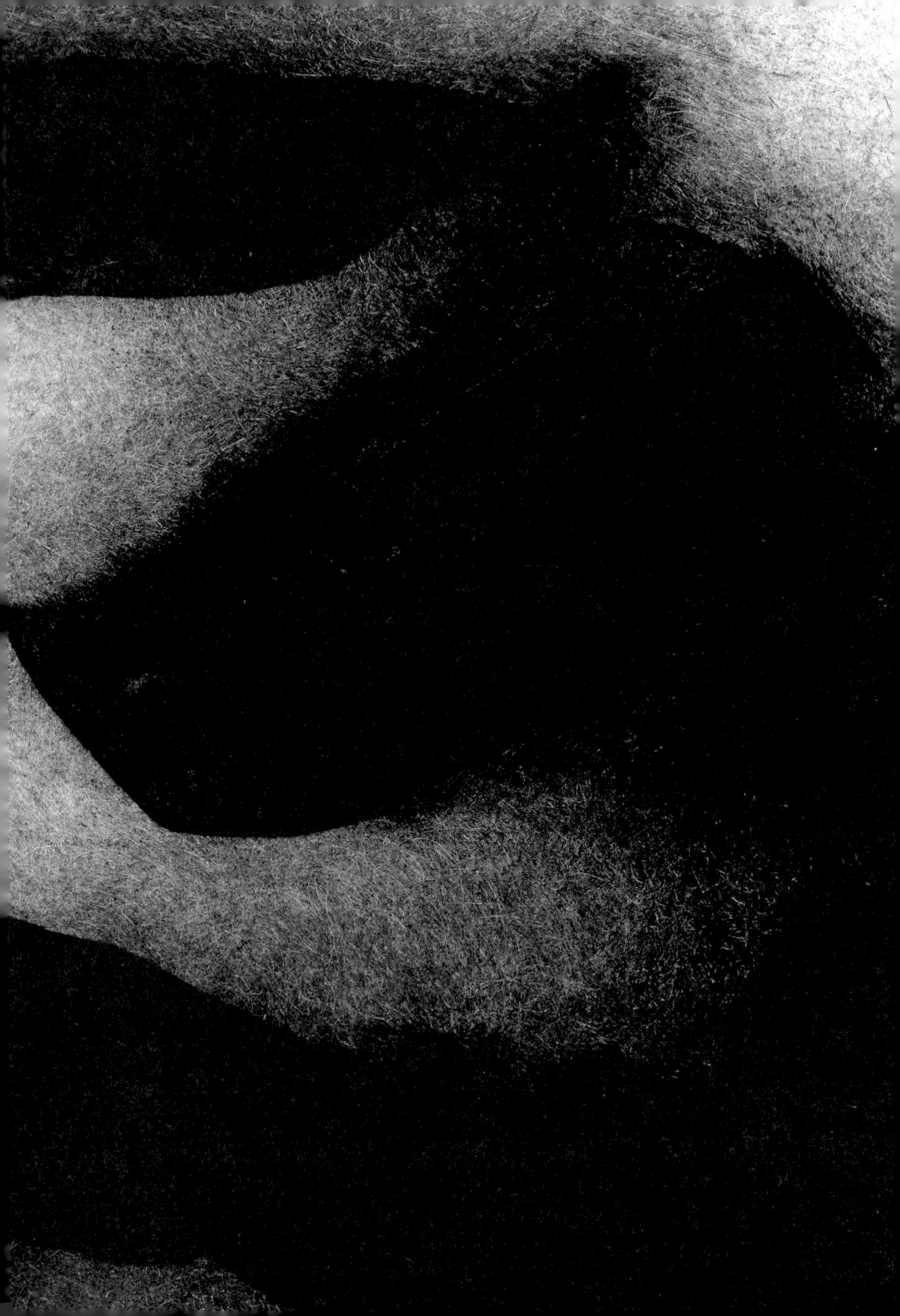

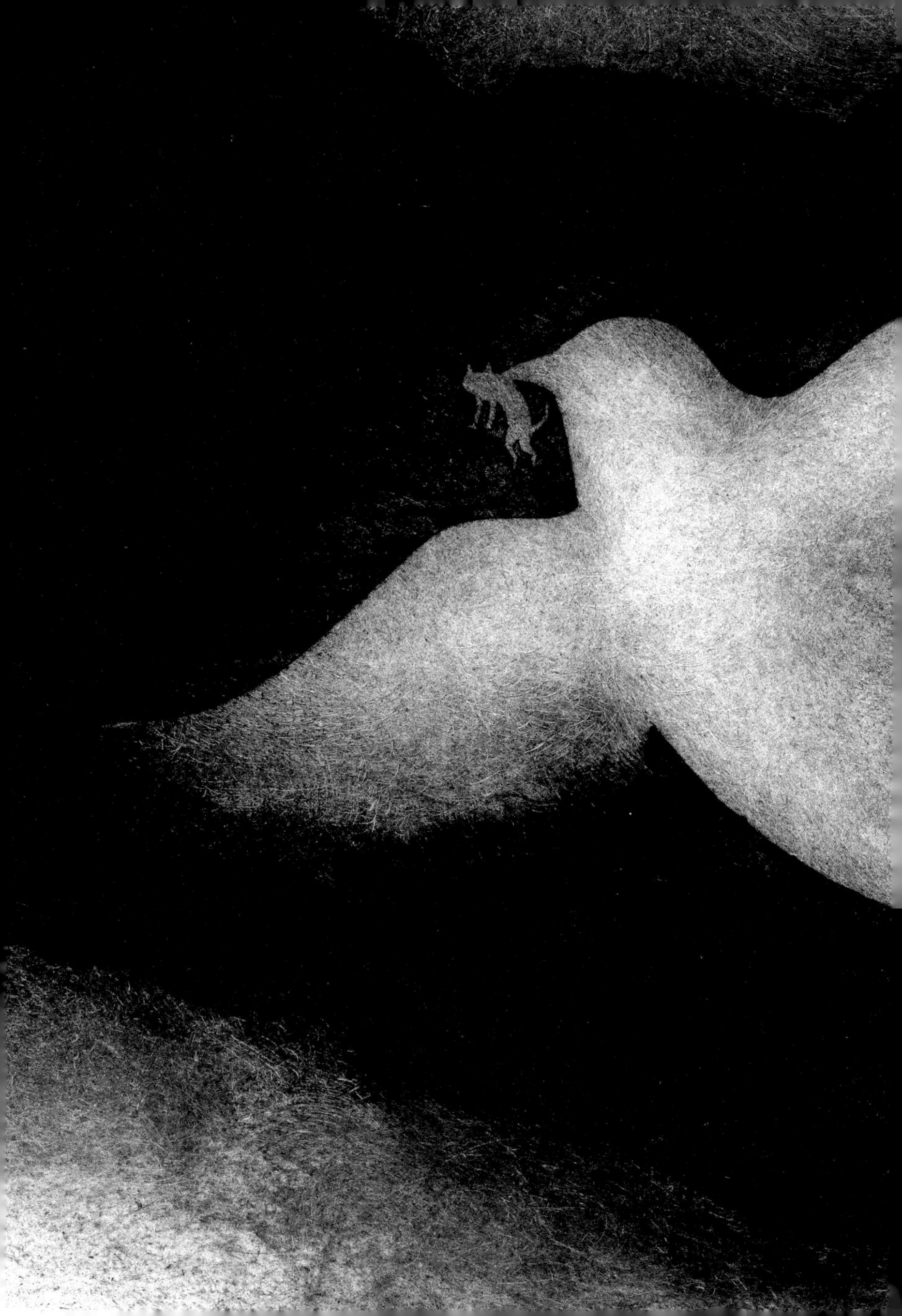

ごはんたべて
ねて
うんちして

くり返し

この愛しい退屈は
空のうえでもきっと
ずっとつづくのだと思う

幻の猫

あとがきにかえて

私は知りたかった。猫がどうやって生きてきたのかを。どこで生まれ、母猫はどんな猫で、兄弟はいたのか、なぜ一匹になってしまったのか。わが家にやって来るまでの間、なにを見て、なにを食べ、しのいできたのか。仲間はいたのか、どうやってわが家までたどりついたのか、ひょっとしたら子どもを産んだこともあるのか。時には人間にご飯をもらったりしただろうか。優しくされただろうか。それとも冷たくあしらわれただろうか。

その猫と目が合った瞬間のことは今でもはっきりと覚えている。冬の冷たい雨の朝、古いマンションの集合ポストの下で、猫はあからさまに「見つかった！」という顔をした。目ヤニだらけの顔と小さくやせ細った体で、ようやくたどりついた雨風をしのげる場所、そこで静かに最期を迎えようと思っていたかどうかはわからないけれど、突如目の前に現れた人間（私）のせいで「ああ、ここも追い出されるのか」と途方に暮れたかもしれない。

私はといえば猫以上にうろたえていた。そのマンションに暮らして数年、敷地内で猫の姿を見かけたことなど一度もなく、すぐには状況を理解できなかったのだ。けれど、これこそ私がずっと憧れつづけた「猫との運命の出会い」そのものではないかと気がついた。

運命の出会いとはつまり「冷たい雨の降る中、ダンボール箱に捨てられたかわいそうな子猫を拾う」というような実にベタなものだ。しかし、当時暮らしていた賃貸物件はペット不可で、夫は動物にあまり関心がなく、自分たちが食べていくだけでも精一杯というフリーランス夫婦としては、そのくらい「のっぴきならない」状況に出くわさない限り、私が猫と暮らせる道はないと思っていた。

猛スピードで自室に戻った私が食べものと水、バスタオルを取ってくるまでの間に「のっぴきならない」状況の猫が逃げてしまうかもと心配したが、はたして猫はまだそこにいた。逃げ出すことなどできないほどに衰弱しており、私が近づくとジリッと後ずさりし、シャーと弱々しく威嚇しただけだった。バスタオルを覆いかぶせ抱きかかえた猫は驚くほど軽く、それがそのまま命の重さのように感じられて恐ろしくなった。運命の出会いに喜ぶどころか、私はそこで初めて自分が大それたことをやってしまったと我に返ったのだ。

ようやく起き出した夫は事態を飲み込めず困惑顔で、クッションの上にちんまりと丸まった猫はストーブの温風にしみじみと「あったけえー」という顔をした。ともかくその日から猫はわが家の一員となった。

私の人生初めての猫との暮らしは、なんだか不思議なものだった。なにしろ弱り果てていたから最初は日がな寝ており、まったく気配がないので「そうだ、わが家には猫がいたのだった」といちいち思ったほどだ。しばらくして猫が衰弱状態から脱し始めるのと入れ違いに、今度は私がインフルエンザに倒れ、それまで別々に寝ていた猫と初めて同じ布団で眠った。熱で朦朧としている私の眼前で寝息をたてる猫から、かすかに甘ったるい香りがした。溶けかけて今にも消えてしまいそうな砂糖菓子のような香り。目の前にいるのにその存在はひどく曖昧で、幻のようだと思った。

こんなふうに書くと、さぞや猫らしい猫を想像するかもしれないけれど、実際はまるで違った。そもそも「ニャー」とは鳴かず、まるでその道40年のスナックのママみたいなしゃがれ声で「ゲー」と鳴いた。こちらが買い与えた玩具をことごとく無視し、抱っこを嫌い、ゴロゴロと喉を鳴らすこともなかった。推定1歳という若さにも関わらず動きも俊敏ではなかったし、高所にもほとんど登らなかった。夜中は2時間おきに空腹を訴え、そのたび寝ている私に噛みつき体中を血祭りに上げた。そしてその猫らしくなさゆえ、わが家に猫がいると聞きつけやって来た友人たちをガッカリさせた。

それでも私が勝手に思い描いてきた猫像を次々と打ち砕かれたせいで、猫初心者としてはずいぶんたくましくなれたような気がしている。猫を育てているつもりで、いつの間にか私が猫に育てられていたのだ。

当たり前だけれど猫は「助けてくれてありがとう」と涙を浮かべることもなかったし、「お礼に願いをひとつかなえましょう、ご主人様」とお伽話のような台詞を吐くこともなかった。一方、私はあれこれと猫が気に入りそうなものを買い、病気になればその治療費をせっせと稼ぎ、猫に割く時間もどんどん増えた。私の願いはただひとつ、猫とこの先もずっと暮らせることだった。

私は知りたかった。猫が幸せかどうかを。あの日、猫と目が合ったあの瞬間から私も猫もすべてが一変し、私は猫との暮らしを手に入れて、猫は雨風をしのげ、食うに困らない毎日を手に入れた。でも本当は外の世界にいたかったのではないか。もしあのまま死んでしまったとしても。

でもいくら考えてみたところでそれは絶対にわからない。猫がわが家にやって来るまでの間、どうやって生きてきたのかがわからないのと同じように。それはまるで開けたくても開けられない甘い香りの漂う菓子箱のようだなと思う。私はその箱を後生大事に抱えて、時には猫の匂いづけのように頬ずりをしながら生きていく。他人の目には奇異に映るかもしれないけれど、たぶんそれはとても幸せなことなのではないかと思うのだ。

初出：別冊天然生活『天然ねこ生活』（二〇一五年）

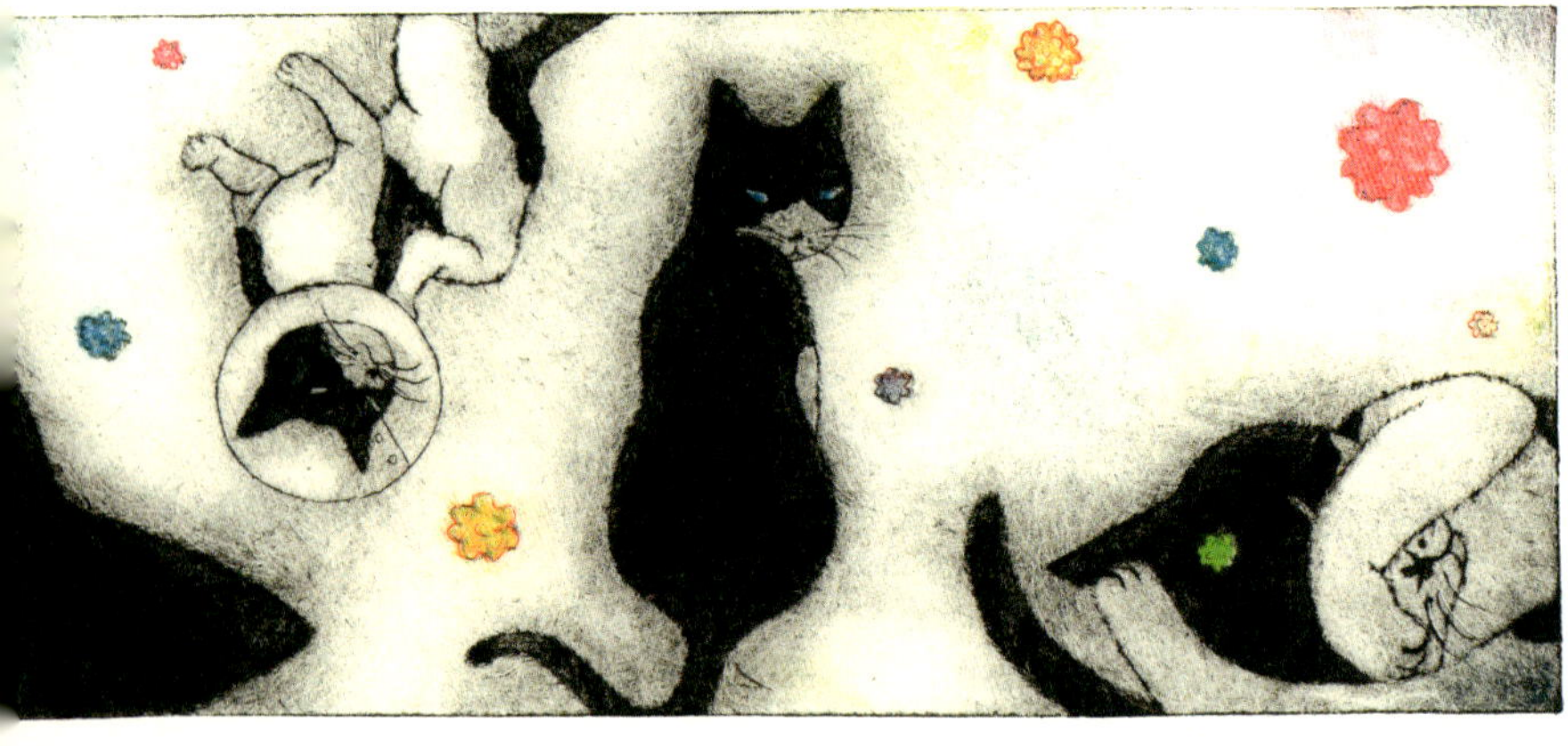

著者略歴

坂本千明（さかもと　ちあき）

一九七一年生まれ。イラストレーター／紙版画作家。青森県出身。東海大学教養学部芸術学科デザイン学課程卒業。大学在学中よりイラストレーターとしての活動を開始。二〇〇九年より紙版画の手法を用いた作品制作を始め、同時に猫との暮らしが始まる。現在は展示や書籍の挿画などで活動中。東京在住。

私家本「退屈をあげる」を手にしてくださった方々と、まるで雲をつかむようだった本作りに尽力くださった前原葉子さんに、この場を借りて心から感謝します。

退屈をあげる

二〇一七年一一月一〇日　第一刷発行
二〇二四年　七　月二三日　第一二刷発行

著者　坂本千明
発行者　清水一人
発行所　青土社
一〇一-〇〇五一
東京都千代田区神田神保町一-二九　市瀬ビル四階
電話　〇三-三二九一-九八三一（編集）
〇三-三二九四-七八二九（営業）
振替　〇〇一九〇-七-一九二九五五

装丁　名久井直子
印刷・製本　ディグ

ISBN978-4-7917-7015-1　Printed in Japan